El niño cocinero latinoamericano

Editor coordinador
CIDCLI, S. C.

Dirección y adaptación de recetas
Patricia van Rhijn

Edición
Rocío Miranda

Ilustraciones
Maribel Suárez

Diseño y tipografía
Rogelio Rangel

Primera edición México, 1994.
ISBN MEXICO: 968 494 063 7
Impreso en Colombia
Printed in Colombia
Impreso por Editoláser

Presentación

Dentro de la colección de libros dedicados a los niños que ha publicado la Coedición Latinoamericana, hemos decidido incluir un título dedicado a la cocina.

La comida es un elemento cultural que simultáneamente nos distingue y nos une. Las raíces alimentarias de los pueblos latinoamericanos nos son comunes desde antes de la conquista española. El comercio del maíz, la papa, la calabaza y el chile o ají, era frecuente entre los pueblos indígenas. Con la llegada de los españoles y sus nuevos productos culinarios, con la leche y carne de vaca, el aceite, las manzanas, las almendras, etcétera, en toda América surge una novedosa combinación de ingredientes, olores y sabores a la que cada país ha dado su propio toque y su gusto peculiar, y que nuestros pueblos han refinado según los productos de cada región.

"Dime qué comes y te diré quién eres", dice un viejo refrán. Conocer lo que comemos y las maneras como lo cocinamos nos ayudará sin duda a conocernos mejor, porque nos permite saber el sabor de nuestras culturas.

Esta pequeña muestra de algunas recetas escogidas entre lo más representativo de 14 países latinoamericanos tiene por objeto introducir a los niños en el maravilloso mundo de la cocina; queremos presentárselos como una actividad práctica o de entretenimiento, y para despertarles la curiosidad del paladar por conocer otros sabores. La educación del gusto es una importante forma de estímulo para la sensibilidad y creatividad de los niños.

Entre más temprano en la vida haga uno el descubrimiento de nuevos sabores, más posibilidades existen de que sepamos disfrutar el variado universo culinario de otros pueblos.

Esperamos que este libro resulte útil para que los padres estimulen a los niños para que éstos enriquezcan su gusto y comprensión de la cocina latinoamericana.

Antes de comenzar

El niño cocinero latinoamericano es un recetario para niños, mamás y papás.
Esto quiere decir que no debes preparar las recetas si no hay una persona adulta que
pueda ayudarte, pues debe supervisar lo siguiente:

1. Que tengas todos los ingredientes y utencilios que vas a necesitar.

2. Que te laves las manos antes de empezar.

3. Que tengas cuidado con los instrumentos de cocina.

4. Que coloques los mangos de los cazos de manera que no choques con ellos.

5. Que tengas cuidado cuando las cosas hiervan, o cuando el aceite esté caliente.

6. Que no toques o te acerques al horno cuando esté caliente.

7. Que las hornillas y el horno queden apagados, una vez que acabes.

8. Que todo quede limpio cuando hayas terminado.

Empanadas de carne

*Ingredientes para la masa
de 8 empanadas:*

1 3/4	tazas de harina de trigo
1	cucharadita de sal
1/4	de taza de grasa de pella[1]
1/2	huevo
1/2	taza de agua

Ingredientes para el relleno:

1 1/2	tazas de carne picada[2]
1	cebolla grande
1/4	de taza de grasa pella
	sal, comino y pimentón[3]
15	aceitunas picadas
1/4	de taza de agua

Preparación:

1. Revuelve la harina y la sal en una cazuela y agrégale la grasa fundida, el agua y el huevo.
2. Amasa todo bien con las manos para que se haga la masa y forma 8 bolitas.
3. Pica la cebolla finamente y rehógala[4] en una sartén con la grasa.
4. Agrega la carne para que también se rehogue separando bien los trocitos.

5. Condiméntala con sal, pimentón y comino a tu gusto y agrégale las aceitunas y el agua y déjala sazonar.
6. En una mesa enharinada estira la masa de cada bolita con un rodillo y haz discos finos de aproximadamente 12 cms. de diámetro.
7. Pon un poco del relleno en el centro de cada disco y ciérralo formando la empanada. Aplasta las orillas con un tenedor para que se peguen.
8. En una charola engrasada y enharinada coloca las empanadas y hornéalas por 20 minutos a 250°c.
9. Sírvelas calientes y acompáñalas con ensalada.

Glosario:

1) Grasa de pella: manteca de cerdo, manteca de puerco.
2) Carne picada: de res, puede ser aguayón o filete.
3) Pimentón y comino: especias.
4) Rehogar: freír.

Cajuzinhos[1] de cacahuate

Ingredientes para 4 porciones:

1	taza de cacahuates[2] tostados y sin cáscara
1 1/2	tazas de azúcar
1	huevo
2	cucharadas de leche

Preparación:

1. Separa unos doce cacahuates para el adorno final y muele el resto en la licuadora a que quede como harina.

2. Vacía el cacahuate molido sobre una mesa lisa y seca.

3. Separa la yema del huevo y mézclala con una taza de azúcar, la leche y la harina de cacahuate.

4. Aplasta todo con las manos hasta obtener una masa consistente. Si ves que está muy seca, agrégale algunas gotas más de leche.

5. Lava y seca bien el vaso de la licuadora y muele, poco a poco, la 1/2 de taza de azúcar restante hasta que quede muy fina y blanca y colócala en un plato.

6. Moldea los dulcecitos con las manos en forma de cajuciños, revolcándolos en el azúcar y poniéndoles encima a cada uno medio grano de cacahuate como adorno.

Glosario:

1) Cajú: fruto del marañón, maray, merey o cajuil, un árbol típico de las regiones tropicales. Es español se pronuncia cayú, y los dulcecitos cayuciños.

2) Cacahuate: maní, manía.

Torta de plátano maduro

Ingredientes para 6 porciones:

4   plátanos grandes bien maduros[1]
1   taza de queso blanco en tajaditas delgadas
1   taza de trocitos de bocadillo de guayaba[2]
1/2 taza de crema de leche espesa
1/2 cucharadita de canela en polvo
2   huevos batidos (clara y yema juntas)
1   cucharada de azúcar
     aceite para freír

Preparación:

1. Pela los plátanos y córtalos en cuadritos.
2. Fríelos en aceite bien caliente hasta que doren un poco y déjalos escurrir sobre servilletas de papel.
3. En un molde refractario enmantequillado, reparte la mitad de los dados de plátano ya fritos.
4. Sobre la capa de plátano esparce la mitad del queso y la mitad de los trocitos del bocadillo de guayaba.
5. Cubre lo anterior con la mitad de la crema de leche y espolvoréalo con la mitad de la canela.
6. Pon otra capa con el resto de los dados de plátano y cubre todo con los huevos batidos, el azúcar y el resto de la canela.
7. Mete la refractaria[3] al horno durante 20 ó 30 minutos (hasta que esté dorado) a una temperatura de 180ºC.
8. Sírvelo como guarnición o como postre.

Glosario:

1) Plátanos: plátanos machos, bananos, plátanos verdes maduros.
2) Bocadillo de guayaba: ate de guayaba, guayabate.
3) Refractaria: recipiente o molde para horno.

Sopa negra tica

Ingredientes para 6 porciones:

2	tazas de frijoles negros escogidos y lavados[1].
1	rollo[2] de culantro[3]
1	chile dulce[4] en tiras
1/2	chile dulce picado muy finito
1/2	cucharadita de orégano
1	ramita de apio, ajos, sal y pimienta al gusto
1	cebolla picada

Para decorar:

2	huevos duros en tajadas o partidos en mitades a lo largo
1/2	cebolla picada
1/4	de taza de culantro picado

Preparación:

1. Cocina[5] los frijoles con los ajos, el rollo de culantro, el orégano, el apio, el chile dulce en tiras, la sal y la pimienta, en agua abundante (suficiente para que se cuezan bien los frijoles hasta quedar blanditos).

2. Cuando estén bien cocidos, muélelos o licúalos.

3. En una olla fríe un diente de ajo y una cebolla picadita y el otro chile dulce bien finito.

4. Cuando estén transparentes agrega los frijoles molidos y prueba la sazón (que esté bien condimentado con sal)

5. Deja cocinar unos minutos más y si están muy espesos agrega agua caliente (esta sopa no debe quedar rala, pero tampoco como un atol)[6].

6. Sirve en platos individuales y adorna con el huevo, la cebollita y el culantro.

Glosario:

1) Frijol: poroto, habichuela, caraota.

2) Rollo: manojito.

3) Culantro: cilantro.

4) Chile dulce: pimiento, morrón, pimentón rojo, ají dulce.

5) Cocina: cuece.

6) Ni rala ni como atol: ni muy aguada ni muy espesa.

Turrón de coco

Ingredientes para 6 porciones:

1	taza de coco seco rallado
2	tazas de azúcar
1/2	taza de leche
1/8	cucharadita de sal
1	cucharadita de mantequilla
1	cucharadita de vainilla

Preparación:

1. Mide la cantidad de coco apretándolo bien en la taza.

2. Mézclalo con el azúcar, la leche, la sal y la mantequilla en una cacerola[1].

3. Pon la cacerola en el fuego y mueve constantemente de un lado a otro, con cuchara de madera, para que no se pegue al fondo.

4. Cuando esté espeso y al moverlo se vea el fondo de la cazuela, bájalo de la candela[2].

5. Añádele la vainilla, bátelo y viértelo en un molde pequeño engrasado con mantequilla.

6. Déjalo enfriar antes de cortarlo en cuadritos.

Glosario:

1) Cacerola: cazuela, tazón, recipiente.
2) Candela: fuego, lumbre.

Manzanas asadas

Ingredientes para 6 porciones:

6	manzanas duras
1	taza de vino tinto
1	taza de azúcar
6	trozos[1] de canela
2	clavos de olor
6	cucharaditas de mantequilla

Preparación:

1. Lava y seca las manzanas, córtalas en dos partes a lo largo del corazón y les quitas el corazón con una cucharita.

2. Acomódalas en una fuente de horno[2] y pónles 1/2 cucharadita de mantequilla a cada una en el hueco que quedó al quitar el corazón.

3. En una olla, aparte, pon el vino, el azúcar, la canela, los clavos de olor y los dejas hervir a fuego lento hasta que se forme un jarabe[3] (10 minutos más o menos).

4. Rocía las manzanas con este jarabe y mételas al horno a fuego medio (180ºC) durante 40 minutos.

5. Saca el recipiente del horno, dale vuelta a las manzanas, rocíalas con su jugo y las metes al horno otros 20 minutos.

6. Saca el recipiente, voltea de nuevo las manzanas y vuelve a rociarlas con su miel. Deben quedar bien cocidas pero enteras.

7. Puedes servirlas acompañadas de crema batida dulce, como postre.

Glosario:

1) Trozos: rajitas.
2) Fuente de horno: recipiente, molde.
3) Jarabe: miel.

Llapingachos

Ingredientes para 12 llapingachos:

6	papas medianas bien cocidas
2	tazas de queso desmenuzado
1	cebolla blanca finamente picada
2	huevos
1	cucharadita de sal
1/2	cucharadita de achiote en polvo[1]
1	cucharada de fécula de maíz[2]
	aceite o manteca de cerdo para freír

Preparación:

1. En un sartén fríe[3] la cebolla con el achiote cuidando que la cebolla no se queme.

2. Aplasta muy bien las papas ya peladas hasta que quede una masa suave[4].

3. Escurre la cebolla y revuélvela con la masa, el queso desmenuzado, los huevos batidos y la sal.

4. Forma los llapingachos, es decir pequeñas tortitas o panecitos (que quepan en tu mano).

5. Revuélcalos en la fécula de maíz.

6. En un sartén pon la manteca y cuando esté bien caliente fríe los llapingachos hasta que queden doraditos.

7. Quítales el exceso de grasa con una servilleta de papel y sírvelos acompañados de hojas de lechuga y tajadas de aguacate[5] en el almuerzo o la cena.

Glosario:

1) Achiote: color, bija, pepitas rojas que dan color y sabor.

2) Fécula de maíz: maizena.

3) Fríe: reahoga.

4) Masa suave: puré.

5) Aguacate: palta.

Rellenitos de plátano

Ingredientes para 12 rellenitos:

4	plátanos grandes[1]
2	cucharadas de azúcar
1	cucharada de canela
1	taza de frijol negro refrito[2]
1/4	de taza de harina de trigo
	aceite para freir

Preparación:

1. Pon a cocer los plátanos (con cáscara y partidos en trozos grandes) en un recipiente con el agua necesaria para que queden cubiertos y se cuezan bien y dos cucharadas de azúcar.

2. Cuando los plátanos estén bien cocidos, pélalos y machácalos hasta formar una masa de puré.

3. Agrega la canela a la masa y déjala enfriar.

4. Forma 12 tortitas con la masa.

5. Pon en el centro de cada tortita un poco de los frijoles refritos.

6. Cierra las tortitas y forma pequeños rollos. Deben tener la forma de huevos.

7. Pasa los rollos por la harina y fríelos en aceite hasta que estén doraditos por todos lados.

8. Sácalos del aceite, sécalos con papel absorbente y espolvoréalos con azúcar.

9. Se deben comer calientitos, recién hechos, como almuerzo o como merienda. En Guatemala se venden en las cafeterías y en las tiendas escolares porque son muy apreciados por los niños.

Glosario:

1) Plátanos: plátanos machos, bananos, plátanos verdes maduros.

2) Frijol: poroto, habichuela, caraota.
   Para refreir los frijoles, sigue el paso número 1 de la receta de Costa Rica (p. 10) muélelos sin caldo y fríelos. O bien, compra una lata de frijoles ya refritos y sólo caliéntalos en una sartén.

Huevos a la mexicana

Ingredientes para 6 porciones:

12	huevos
2	jitomates[1]
1/2	cebolla
3	chiles verdes[2]
2	cucharadas de leche
2	cucharadas de aceite
	sal al gusto

Preparación:

1. Lava y pica los jitomates, la cebolla y los chiles.
2. Fríelos en el aceite bien caliente.
3. Bate los huevos con la leche y agrégale sal a tu gusto.
4. Echalos en el sartén junto con los demás ingredientes y revuélvelos bien.
5. Déjalos cocer moviéndolos constantemente para que no se peguen. En México se sirven como desayuno.

Glosario:

1) Jitomate: tomates rojos.
2) Chiles verdes: ajíes verdes picantes, pimientos verdes picantes.
   Si no quieres que los chiles piquen, ábrelos a lo largo con un cuchillo y debajo del chorro de agua quítales las venas y las semillas antes de picarlos.

Cebiche de corbina

Ingredientes para 6 porciones:

4	filetes de corvina o de cualquier pescado blanco
8	limones
1 1/2	cebollas grandes finamente picadas
2	ajíes[1] rojos o amarillos cortados en tiritas
	sal y pimienta al gusto
6	hojas de lechuga
1/2	kg. de camotes cocidos[2]
2	choclos[3]
1/2	manojo de perejil picado

Preparación:

1. Lava el pescado y quítale muy bien la piel y las espinas.

2. Córtalo en pedazos pequeños, colócalo en un colador grande y vuelve a lavarlo muy bien.

3. Escúrrelo, colócalo en un bol[4] y cúbrelo completamente con el jugo de los limones.

4. Agrégale sal, pimienta y los ajíes.

5. Pon las cebollas en agua salada. Luego de un rato enjuágalas y déjalas escurrir muy bien.

6. Agrega la cebolla al pescado y mezcla todo.

7. Asegúrate de que todo quede bien cubierto por el jugo de los limones y déjalo así durante una hora.

8. Escurre muy bien y sirve acompañando cada porción con una rodaja de camote, otra de choclo y una hoja de lechuga.

Glosario:

1) Ajíes: ajíes picantes, chile, pimiento verde picante.

2) Camotes: batata, aje, boniato.

3) Choclos: elotes, mazorcas de maíz tierno.

4) Bol: recipiente, cazuela, tazón.

Sorullitos de maíz

Ingredientes para 30 sorullitos:

3/4   tazas de harina de maíz
1   taza de agua
1/2   cucharadita de sal
1/2   taza de queso edam o cheddar
      aceite para freír

Preparación:

1. Calienta en una cacerola el agua con la sal hasta que hierva.

2. Retira del fuego y agrega de una vez toda la harina de maíz.

3. Mezcla rápidamente y cuece a fuego moderado, moviendo continuamente de 3 a 5 minutos hasta que la mezcla se despegue del fondo y de los lados de la cacerola.

4. Retira del fuego, añade el queso rallado y mezcla bien.

5. Inmediatamente toma la mezcla con una cuchara y forma bolitas.

6. Presiónalas con las palmas de las manos hasta formar como pequeños cigarros de 2 pulgadas ó 6 cms. de largo aproximadamente.

7. Fríelos hasta dorarlos en abundante aceite vegetal y quítales el exceso de grasa con papel absorbente.

Flan de auyama

Ingredientes para 6 porciones:

1	auyama[1] de aproximadamente 2 libras ó 1 kg.
2 1/2	tazas de leche
1/2	taza de maizena[2]
3/4	de taza de azúcar
1	cucharada de vainilla
1	pizca[3] de nuez moscada
1	molde resistente al fuego

Para el caramelo:

1	taza de azúcar
1/4	de taza de agua

Preparación:

1. Salcocha[4] la auyama, pélala y muéle la necesaria para completar una taza llena.

2. En el molde revuelve el agua y el azúcar; pon esta mezcla a fuego moderado hasta que tome un color dorado; muévelo constantemente para que el caramelo cubra todo el fondo y déjalo enfriar.

3. Al puré de auyama agrégale la mitad de la leche y cuela la mezcla.

4. En el resto de la leche fría disuelve la maizena y mézclala con el puré.

5. Agrégale la vainilla, el azúcar y la nuez moscada, y revuelve muy bién.

6. Pon la mezcla en una cacerola a fuego lento sin dejar de mover hasta que cuaje[5].

7. Vacía la mezcla caliente en el molde que acaramelaste, refréscalo y ponlo en la nevera.

8. Sirvelo bien frío como postre.

Glosario:

1) Auyama: calabaza, zapallo, ayote.
2) Maizena: fécula de maíz.
3) Pizca: lo que tomes entre dos dedos.
4) Salcocha: cuece la auyama en agua con un poco de sal.
5) Cuaje: cuando al mover la mezcla, se ve el fondo de la cacerola.

Filete uruguayo

Ingredientes para 4 porciones:

4   lonjas[1] finas de filetes de res
4   dientes de ajo machacados
2   cucharaditas de vinagre
4   lonjas de jamón (dulce)
4   lonjas de queso gruyere
4   huevos batidos
2   tazas de pan molido
     Sal y pimienta al gusto

Preparación:

1. En un recipiente adoba[2] los filetes con ajo, sal y vinagre y déjalos reposar por una hora para que absorban bien la sazón.
2. Extiende en una fuente[3] los filetes y ponles encima las lonjas de jamón y queso.
3. Enróllalos y ensarta sus extremos con un palillo para que permanezcan bien cerrados.
4. Bate los huevos y moja con ellos los rollos para que se les pegue el pan molido.
5. Revuelca los rollos en el pan molido de manera que queden cubiertos.
6. Fríelos en aceite caliente hasta que se doren.
7. Quítales los palillos y sírvelos calientes acompañados de ensalada.

Glosario:

1) Lonjas: rebanadas.
2) Adoba: macera, (unta diversos ingredientes a la carne).
3) Fuente: recipiente, bol, cazuela.

Salsa guasacaca

Ingredientes para 6 porciones:

2	aguacates maduros[1]
3	tomates[2]
1	cebolla
1/2	pimentón[3] rojo
1/2	pimentón verde
1	cucharada de perejil picado
1	cucharada de cilantro picado[4]
1/4	de taza de vinagre de vino
1/2	taza de aceite
2 1/2	cucharaditas de sal
1/4	de cucharadita de pimienta

Preparación:

1. Pela los tomates y los picas en cuadritos junto con los chiles pimientos y la cebolla.
2. Corta el perejil y el cilantro finitos.
3. En un envase[5] mezcla estos ingredientes con el vinagre, el aceite, la sal y la pimienta revolviendo con una cuchara de madera.
4. Pela los aguacates y el que esté más maduro házlo puré con un tenedor.

5. El otro aguacate pícalo en cuadritos pequeños.
6. Agrega los demás ingredientes y deja las semillas de los aguacates adentro de la salsa guasacaca para que no se ponga oscura.
7. Antes de servir quita las semillas[6]. Esta salsa criolla la puedes usar para acompañar carnes, sopas o ensaladas.

Glosario:

1) Aguacate: palta.
2) Tomates: jitomates, tomates rojos.
3) Pimentón: chile pimiento, chile dulce.
4) Cilantro: culantro.
5) Envase: tazón, bol, cazuela, recipiente.
6) Cuando la vuelvas a guardar en la nevera, o refrigerador, acuérdate de colocarle la semilla del aguacate y así se conservará fresca y verde.

El programa de Coedición Latinoamericana, promovido por el Centro Regional para el Fomento del Libro en América Latina y el Caribe, CERLALC, y la División de Fomento del Libro de la Unesco, agrupa a editoriales privadas y estatales de países latinoamericanos, con el fin de difundir la literatura infantil propia de nuestro entorno y de hacer más asequibles los libros, por medio del sistema de coedición que permite al conjunto de empresas comprometidas tomar en grupo todas las decisiones sobre cada uno de los pasos del proceso editorial, al tiempo que posibilita repartir entre todos los participantes los costos de producción y obtener un producto de alta calidad a bajo precio.

Indice